KB231361

THE ART OF DOING NOTHING 아무것도 하지 않을

자유

THE ART OF DOING NOTHING

: SIMPLE WAYS TO MAKE TIME FOR YOURSELF

THE ART OF DOING NOTHING

아무것도 하거 않을 자유

베로니크 비엔느 글 | 에리카 레너드 사진 | 이혜경 옮김

🌱 나무생각

CONTENTS

시작하는 말

당신은 친구나 당신을 아끼는 사람들로부터 "좀 쉬어야 하는 거 아니야?" 또는 "하던 일 잠깐 쉬고 심호흡이라도 한 번 하던가, 며칠 푹 쉬는 게 좋을 거야."라는 말을 종종 듣는다. 하지만 우리는 대개 그 말에 반박한다.

"쉴 시간이 있어야 쉬지."

행동하는 세대인 우리는 평생 뭔가 할 일이 있어야 안심한다. 아무것도 하지 않고 있다는 사실을 용납할 수 없었다. 아무것도 하지 않는 상태는 우리에게 극도의 사치며 불가능한 꿈이라 여겼다. 혹 외계인들이라면 모를까.

하지만 그 불가능한 꿈에 대해 우리가 뭔가 오해하고 있는 것은 아닐까?

고요하고 한가로운 상태는 인적 없는 섬이나 오지의 산꼭대기에서만 피는 희귀하고 이국적인 꽃이 아니다. 그것을 찾아 멀리 갈 필요도 없다. 휴식이란 우리 앞마당에서 자라는, 어떤 고난도 이겨내는 토종 식물이다. 뿌리째 뽑아내버리려고 아무리 애를 써도 굴복하지 않는다.

이 책은 당신이 평온의 씨앗을 키워나갈 수 있도록 도와줄 것이다. 매일의 일상에서, 숨을 쉬는 동안이나 누군가의 말에 귀를 기울이고 있을 때, 누구를 기다리거나 식사 중일 때, 또는 막히는 차 안에서나 비행기 시간에 맞춰 서둘러 공항으로 갈 때, 마감시간을 놓칠까 봐 전전긍긍할 때 마음의 평정을 찾을 수 있는 방법을 알려줄 것이다.

물론 휴식이나 한가로움이 주는 혜택에 관해 당신에게 강의할 생각은 없다. 문제는 당신의 마음이 움직여야만 한다. 때때로 긴장을 풀어주는 것이 정신 건강을 위해 좋다는 사실을 이해하기 위해 아주 이성적으로 따져봐야 한다는 말이다.

이성적으로 납득이 가지 않으면, 잠깐이라도 쉬고 싶은 생각이 들 때마다 죄책감을 느끼게 될 것이다. 그러니 이 책을 끝까지 읽어주기 바란다. 당신이 운이 나쁘지 않다면 당신 스스로를 설득할 달콤하고 사랑스런 말들을 이 책에서 찾을 수 있을 것이다.

1

느림

물은 돌이나 얼음, 유리처럼 표면이 매끈한 것과 만나면 구불구불 천천히 흐른다. 매끈한 표면이 아니라도 장애물만 없으면 액체는 다양한 형태로 우회한다. 지구상에서 가장 풍부한 화합물 가운데 하나인 물은 우리 몸의 대부분을 차지하고 있는 물질이기도 하다. 이 세상의 70퍼센트가 물이다. 우리 몸도 마찬가지다. 그렇다면 인간도 장애물이 전혀 없는, 다시 말해 스트레스를 전혀 받지 않는 환경에 놓이면 당연히 느긋해질

수밖에 없을 것이다. 살아 숨쉬는 대부분의 유기체가 그렇듯 우리도 완만한 곡선으로 이어지는 삶을 살아갈 때 저항을 가장 적게 받는다.

느림은 우리 안에 내재되어 있다. 그것은 강물이 완만한 곡선을 이루며 흐르게 하는 힘이며, 지하수의 흐름을 구불구불하게 만들고 제트 기류를 나선형으로 돌아가게 만드는 보이지 않는 힘이다. 그리고 또 당신과 나를 느긋하게 만들어주는 힘이기도 하다.

그렇다면 이 느림의 목적은 무엇일까? 아무도 모른다. 미시시피 강이 구불구불 흐른다는 사실은 알고 있지만 그 이유를 모르는 것과 같다. 하지만 느리게 가는 것이 사람들에게도 분명 이득이 있을 것이라는 점은 확실하다.

한 가지, 천천히 가다보면 곧장 갔을 때는 놓치고 말았을 장소를 만날 수도 있고, 오랫동안 미루던 일들을 끝낼 수도 있다. 예를 들어 고지서가 잔뜩 쌓여 있는데도 서랍장의 양말들을 정리해야겠다는 생각이 들 수도 있고, 차고 문을 고치는 대신 새로 산 강아지를 목욕시키거나 소설을 써볼 수도 있다. 아니면 부엌 바닥의 기름때부터 먼저 닦아내야겠다는 생각이 들 수도 있다.

느리게 사는 삶이란 어쩌면 자연스럽게 어질러진 것을 정리하고 구석구석을 청소하는 것인지도 모른다.

정원에 난 오솔길로 나를 인도하소서

물과 함께 흐르는 것
— 다가오는 장마를 지켜보고 있는 인도의 한 소년

우리들 대부분은 여유를 갖는 것을 주말로 미룬다. 정말 안타까운 일이다. 그렇게 하면 주말에까지 할 일이 생기는데 말이다. 여유로운 날을 정하는 것 자체가 이미 또 다른 형태의 구속이다. 수요일이든 목요일이든 상관없이 바로 그 순간에 아무 일도 하지 말고 여유를 가져보라. 그리고 나중에, 아주 나중에 이 말을 이해하게 되면 월요일에도 당당하게 여유를 즐길 수 있을 것이다.

여유로움을 즐기는 연습은 집에서부터 시작하라. 밖으로 나가기 전에 집 안에서 빈둥거리는 법을 익히는 거다. 갑자기 느리게 살려고 하면 여기저기 팔딱팔딱 뛰어야 할 일이 많이 생기기 때문에, 그 매력을 충분히 느끼려면 반드시 운동화를 신는 것이 좋다.

맨 먼저, 침대 옆에 흩어져 있는 잡지를 정리하는 것 같은 단순한 일부터 시작하라. 그러다 재미있는 기사가 눈에 띄면 하던 일을 멈추고 끝까지 읽는다. 그렇다고 그 일에 푹 빠져들라는 말은 아니다. 잠시 창밖을 내다보거나 베개를 손질하고, 일기를 쓰거나 이를 닦아도 좋다.

어떤 일이라도 도중에 그만둘 수 있어야 한다. 청소기의 먼지 주머니를 갈 때가 되었는지 확인해봐야겠다는 생각이 들어도 상관없다. 또 청소기를 가지러 가고 싶지 않아도 걱정할 것 없다. 청소기를 가지러 가는 도중에 그 일이 하기 싫

어질 수도 있다. 그리고 불과 10분 후에 우편 엽서를 모아두는 상자를 뒤적이며 이탈리아에서 우체국 파업 때문에 부치지 못했던 엽서를 찾아도 좋다.

엽서를 뒤적거리면서 전화할 곳이나 감사 편지를 쓰는 일, 처리해야 할 일, 돈 벌 일 등에 관한 생각에 사로잡힐 수도 있다. 그럴수록 느긋하게 움직여라. 허둥대거나 서두르지 말고 천천히 운동화 끈을 매는 것도 좋은 방법이다.

1시간 동안 빈둥거리는 것은 헬스클럽에서 1시간을 보내는 것과 같다. 그렇다면 빈둥거리며 돌아다니는 것이 헬스클럽에서 하는 근육 단련 운동보다 훨씬 쉽지 않을까? 몸매에 신경이 쓰이는가? 건설적인 충동을 억누르는 것은 그것에 탐닉하는 것만큼 운동 효과가 있다. 충격이 작은 아이소메트릭스 운동(관절은 움직이지 않고 근육만 움직이는 강화 운동)의 경우 근육이 수축하는 양은 아주 적지만 근육 상태는 눈에 띄게 좋아지는 것과 같은 이치다. 빈둥거리는 것에 대한 자책감에서 오는 엄청난 스트레스와 맞서는 일은 많은 양의 칼로리를 소모하게 한다.

이 이론을 한번 시험해보자. 먼저, 아직 뜯지 않은 우편물이 산더미처럼 쌓여 있는 바로 옆에 선다. 그리고 그것을 뒤져보지 않겠다고 작정한다. 그 안에는 기다리던 환불금이 들어 있을 수도 있고, 케이블 TV 회사에서 서비스를 중단하겠다는 협박 편지가 들어 있을 수도 있다.

그래서 어떻단 말인가? 다 잊어버리는 거다.

유혹을 견디며 망설이는 동안 몸이 긴장하는 것을 느껴보라. 살짝만 들춰보면 안 될까? 아니다! 굴복해서는 안 된다. 참고 기다리면서 다음과 같이 생각해보라. 우편물을 열어보지 않겠다는 것은 이 세상에서 가장 강한 상대인 청교도적 직업 윤리라는 놈과 한바탕 팔씨름을 벌이는 것이라고.

소로의 발자취를 따라서

이제 집에서 빈둥거리는 것에서 벗어나 숲으로 가보자. 유유자적함을 미국 자연주의의 일부로 만드는 데 큰 공헌을 했던 헨리 데이비드 소로는 "산책을 하러 집을 나서지만 어디로 발걸음을 옮겨야 할지는 정해져 있지 않다. 그저 마음 가는 대로 따라간다."며 월든 호숫가의 삶을 찬양했다.

인디애나 주에서 캘리포니아 해안까지 1,000마일의 험난한 여정을 도보로 여행한 〈시에라 클럽〉의 창시자 존 뮤어와는 달리, 소로는 정처없이 황야를 거니는 것을 더 좋아했다. 그는 나무가 우거진 안식처를 찾아 헤매는 방황하는 순례자였다. 그는 "내가 말하는 걷기란 운동과는 전혀 다른 것이다."라고 했다.

두세 시간 정도 이리저리 걷다보면 전혀 예기치 못했던 낯선 땅에 이르는데 이런 식의 걷기를 소로는 '소요'라고 명명했다. 그는 프랑스의 방랑 기사들(불어로 sanc terre는 '집이나 땅이 없는'이라는 뜻이다)이 그런 식으로 걸으며 돌아다녔을 것이라고 믿었다. 순회 전사들인 이들 프리랜서 기사들은 다음에 있을 십자군 원정이나 군사 임무를 찾아 끊임없이 이 성에서 저 성으로 떠돌아 다녔다.

자진해서 가난한 생활을 택했던 소로처럼 중세의 돈키호테 족들도 일을 해주고 받은 보상으로 그날 벌어 그날 먹는 생활을 했다. 중세에는 현금을 구경하기 힘들었다. 물물교환으로 생활했던 그 시대에는 왕부터 거지까지 모든 사람들이 유유자적함을 당연하게 받아들였다.

돈을 번다는 것은 다분히 새로운 개념 가운데 하나다. 게으른 하인들에게 일을 더 많이 시키고 쉬는 시간을 줄이는 대가로 금화 몇 닢을 준다고 했을 때, 기뻐서 어쩔 줄 모르는 그들의 모습을 800년 전의 봉건 영주가 보았다면 매우 당황해했을 것이다.

이는 인간 본성에 대한 서글픈 판단이긴 하지만, 일반적으로 사람들은 바쁘게 지내다가 중간 중간에 휴지기를 갖는 것보다 매일 9시부터 5시까지 열심히 일하는 것을 더 좋아한다.

20세기의 새로운 화폐 경제는 현대사회의 시작을 알리는 신호인 동시에 유유자적의 시대에 종말을 고하는 것이었다. 그러나 아직 약간의 상상력만 있으면 당신은 소로의 발자취를 따라 유유히 거니는 삶을 살 수 있다. 낚시를 가거나 회사를 빼먹거나 조조할인 영화를 보러 갈 수도 있다는 말이다.

돈 버는 일이 당신의 생활을 지배하게 하지 마라. 때로는 빈둥거리기도 하라. 맡은 업무나 빡빡한 일정, 두둑한 월급봉투 외에도 행복을 추구하는 길은 얼마든지 있으니까.

휘파람을 불자

"휘파람 불 줄 아세요?" 로렌 바콜이 험프리 보가트에게 물었다.
"입술을 앞으로 쭉 내밀고 바람을 내보내보세요."

스트레스를 날려버리거나 팽팽하게 긴장된 순간을 좀 누그러뜨리고 싶은가? 그럴 때 휘파람을 불어보라. 휘파람 부는 데 천부적인 자질을 타고난 사람이 아니라면 아래 요령들이 도움이 될 것이다.

- 입술을 앞으로 내밀고 바람을 내보낸다. 하지만 아직 소리를 기대할 수는 없다.
- 방문 밑으로 새어들어 오는 바람소리 같은 소리를 낸다고 생각하고 한동안 연습한다.

- 입술 모양을 제대로 만드는 연습을 한다. 구멍이 작을수록 높은 소리가 날 것이다.

- 어떤 소리든 일단 소리가 나면 공기를 내보내면서 혀를 아래 위로 움직여 곡조를 만들어본다.

- 곡조를 만들려고 하다보면 숨쉴 때 힘을 주고 싶은 유혹을 받을 것이다. 그러나 참아야 한다.

- 머릿속으로 곡조를 생각해서 즉흥곡을 만든다. 그것을 즐겨라. 소리가 잘 나오는지 아닌지는 걱정하지 마라.

입술을 삐쭉 내밀고 있다보면 섹시하고 자유 분방해진 듯한 느낌이 들 것이다. 그 기분을 계속 느껴라. 머지않아 〈오, 수잔나〉도 부를 수 있게 될 것이다.

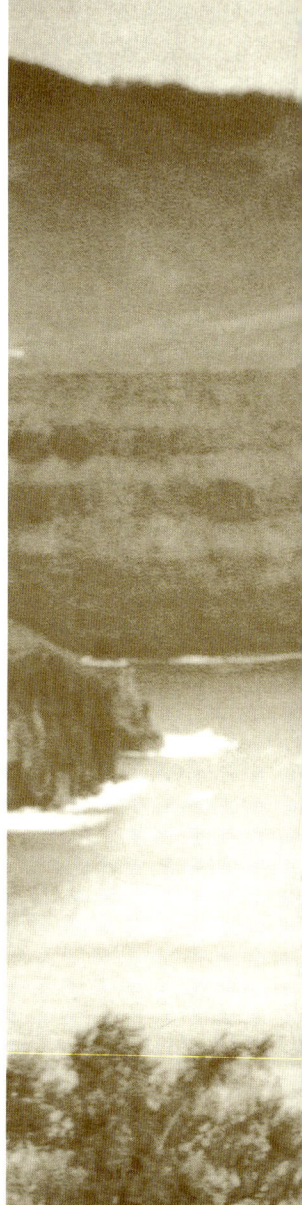

2

숨쉬기

새들도 숨을 쉬고 별들도 숨을 쉰다. 물론 우리도 숨을 쉰다. 숨을 내쉬면서 우리는 이산화탄소를 대기 중으로 내보낸다. 이산화탄소는 식물의 성장을 촉진하며 태양의 빛 에너지가 우주로 되돌아가는 것을 막아주는 화학물질이다. 따라서 우리가 내쉬는 숨은 지구의 사막화를 막아주는 것이기도 하다.

우리는 지구를 위해 정원사의 역할도 한다. 무의식 중에 생태계를 보살피고 있는 것이다. 정원사인 우리는 환경

을 해치기도 하지만 숨을 내쉴 때만큼은 식물에게 푸르름을 더해주기도 한다.

우리 문화는 무슨 이유에서인지 모르겠지만 숨을 내쉬기보다는 들이쉬기를 훨씬 더 강조해왔다. 산소는 몸에 유익하고 유용한 것으로 여기는 반면, 이산화탄소를 내뱉을 때는 마치 쓰레기를 갖다 버리듯 남 몰래 코를 막고 입으로 숨을 내쉰다. 항상 빨아들이는 것에만 집중할 뿐, 저 푸른 창공으로 무색의 CO_2를 내보내는 동안 기도가 뚫리고 폐가 깨끗이 비워지는 즐거움을 거의 느끼지 못한다.

힘들이지 않고 심호흡을 하는 것은 숨을 내쉴 때만 해당되는 것이 아니다. 숨쉬기를 받는 것이 아니라 주는 것으로 생각하라. 가능한 한 많은 공기를 내보내기 위해서 폐를 가득 채우는 것이라고 자신에게 말하라. 숨을 아끼지 말고 이산화탄소를 마음껏 나누어주라. 광합성을 촉진시키기 위한 자신의 몫을 하라는 말이다. 마음속으로 좋아하는 나무들을 떠올리며 그 잎사귀들이 최상급 산소를 만들어낼 수 있는 기회를 주라.

자신도 모르는 사이에 가슴은 한껏 부풀어오르고 흉부가 활짝 열리며 어깨의 긴장이 풀어질 것이다. 바로 그 순간, 당신의 폐는 최대 용량을 채우게 되고 폐 뒤쪽에 자리잡은 폐엽들이 작은 낙하산처럼 활짝 펼쳐진다. 정말 오랜만에 전혀 힘들이지 않고 희열을 경험하게 될 것이다. 그러나 그것도 숨을 내쉴 때 느껴지

자신이 좋아하는 나무 한 그루를 마음속에 그려보라

안도의 한숨을 내쉴 때, 당신의 몸은 미소를 띤다

는 나른하고 달콤한 느낌과 비교하면 아무것도 아니다. 살아가는 동안 부드럽고 길게 숨을 내쉬며 평온함 속으로 빠져드는 것만큼 만족스러운 일도 드물다.

그렇다고 심호흡을 하려고 조바심을 내서는 안 된다. 우리의 피와 대기 중의 화학물질을 맞바꾸는 일을 관장하는 반사 작용은 내적, 외적 자극에 대한 매우 복잡한 신경계에서 일어나는 일련의 반응이다. 호흡을 관장하는 중심은 뇌다. 따라서 호흡에 관한 생각을 바꾸는 것이 갈비뼈 사이를 확장시키려고 노력하는 것보다 더욱 효과적이다.

모든 것은 머리에 달려 있다. 배를 들어 올리고 횡격막을 축소시킨다거나 코를 위한 요가를 집중적으로 한다거나 유행하는 산소방에 가서 산소를 마시는 것보다는, 머릿속으로 떠올리는 이미지들이 호흡 패턴에 더 많은 영향을 미친다.

호흡과 통증 관리

혈액 중의 이산화탄소를 없애면 통증 해소를 촉진시킨다는 과학적인 근거는 없다. 그러나 의료계 종사자들은 불쾌하거나 당혹스러운 검사를 할 때나 뭔가 삽입해야 할 때는 검사를 시작하기 전에 환자들에게 심호흡을 권한다.

의사들이 "자, 숨을 깊이 들이쉬세요."라고 하면 우리는 자신도 모르게 긴장하게 된다. 뭔가 고통스러운 과정이 따라올 것이라는 것을 알기 때문이다(의사들도 우리가 이 사실을 알고 있다는 것을 안다). 하지만 우리는 순순히 의사가 시키는 대로 용감하게 숨을 들이쉰다. 긴장감을 억누르느라 이를 악물게 되고 근육은 경직된다.

통증에 대한 민간 요법의 하나인 심호흡은 치료 효과가 확실하다. 우리는 가슴을 크게 부풀리면서 통증이 허파로 몰려 들어와서 입과 코를 통해 밖으로 나갈 것이라는 상상을 한다.

뿐만 아니라 산소가 풍부한 우리의 폐는 흡입 면적이 20평 정도 되는 아파트 크기와 맞먹는 거대한 스펀지와 같다. 실제로 이런 거대한 면적의 폐에 생리적인 긴장감을 모두 끌어 모아 숨을 내쉼과 동시에 공기 중으로 발산할 수도 있다.

대체의학에서는 호흡의 이런 진통 효과를 믿고 있지만 일반 의학계에서는 호흡이 그저 기분 전환을 해주는 역할을 할 뿐이라고 생각한다. 다만 환자의 신경을 다른 곳으로 돌리게 하려고 심호흡법을 쓰고 있을 뿐이다. 하지만 결과는 마찬가지다.

예를 들어 신체적인 고통을 느낄 때 빠른 호흡을 하게 하는 것은 손쉽게 쓸수 있는 처방이다. 실제로 분만시 라마즈 무통 분만법을 택했던 산모들은 진통이 심하게 진행될 때 호흡법이 통증을 가장 완화시켜준다는 사실을 알게 되었다.

진통이 심해지면 주저하지 말고 신음 소리를 내거나 소리를 지르라. 그것들은 모두 폐에 가득 차 있던 공기를 밖으로 내보내주는 동작이다.

고대 그리스 연극을 보면 탄식하고 울부짖을 준비가 된 코러스들이 항상 등장한다. 그들이 맡은 역할은 눈앞에서 벌어지고 있는 비극을 보고 있는 일반 관객들의 공포를 대신 표현해주는 것이다. 코러스는 관객들이 카타르시스를 경험할 수 있도록 부추긴다. 카타르시스는 긴장이 풀리면서 새롭게 태어나는 듯한 느낌이 들게 하는 치유력을 지녔다.

연극의 절정이 끝나면 우리는 안도의 한숨을 내쉬게 되고, 낮은 신음 소리가 성대를 부드럽게 통과하는 동안 연극은 달콤한 결말을 향하게 된다.

얼마나 자주 편안하게 한숨을 내쉴 수 있는가 하는 것이 바로 행복의 척도다.

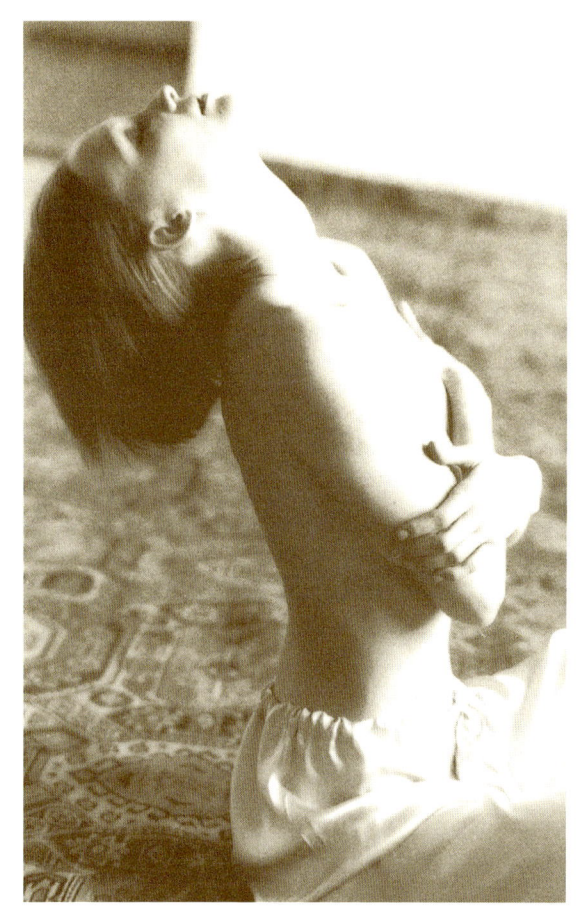

한 번에 한 번씩 숨을 쉼으로써 통찰력을 얻으라

자의식이 깨어 있는 순간

호흡에 집중하는 것은 우리의 의식적인 정신과 무의식적인 우주를 잇는 외줄타기를 하는 것과 같다. 호흡에 집중할 때 느끼는 어지럼증을 경험해보라. 그러나 조심해야 한다. 자의식이 깨어 있는 여기, 이 순간에 머물러 있기란 쉽지 않으니까.

- ❀ 창가에 서서 지평선을 바라보며 시각적 분산을 최대한 줄인다.

- ❀ 첫 호흡이 얼마나 얕은지 의식은 하되, 들이마시는 공기의 양을 늘리고 싶은 유혹에 넘어가서는 안 된다.

- ❀ 뒤따라오는 몇 번의 호흡은 무의식적으로 내쉬는 안도의 한숨처럼 점점 깊어질 수도 있다. 이를 산스크리트 어로 프라나(생명의 숨), 그리스 어로 뉴마(영)라고 한다. 우주가 당신을 통해 호흡하고 있다는 느낌을 주는 말이다.

- ❀ 다섯 번째나 여섯 번째 호흡을 할 즈음이면 당신의 마음은 방황하기 시

작할 것이다. 그러나 염려할 것 없다. 형태가 없는 생각들로 당신의 가슴 빈 곳을 채우라.

❧ 일곱 번째나 여덟 번째 호흡을 할 때까지 자의식이 머물러 있을 것이라고 기대하지 마라. 숨쉬기와 마찬가지로, 의식도 들고 나는 과정이다. 숨을 들이쉬고 내쉬듯이 우리는 기억하고 또 잊어버린다.

>>>> 3 <<<<

명상

좀 더 높은 의식 상태, 다시 말해 명료한 의식 상태에 도달하기 위해서는 마음을 비워야만 한다. 그렇다면 어떻게 마음을 비우는 동시에 가득 채울 수 있을까? 이는 수세기 동안 명상 전문가들 사이에서 공방을 주고받았던 많은 모순 가운데 하나에 불과하다. 그들은 마음을 고요하게 하라고 가르친다. 어떤 결정을 내리려고 하지 마라. 의식이란 무엇을 하는 상태가 아니라 존재하는 상태다.

"구하지 않으면서 구하라."고 선사(禪師)들은 말한다. 중요한 것은 지금, 여기라고 설파한다. 움직이지 말고 가만히 앉아서 마음을 맑게 하고 기다려라. 우리 안에 존재하던 긴장감이 우리를 깨어 있게 할 것이다.

명상이라는 말은 '약'과 어원이 같다. 명상을 시작하게 되면 가장 먼저 기분이 매우 좋아진다는 사실을 깨닫게 된다. 마음을 평온하게 하는 기술들은 대부분 긴장을 풀고 눈을 감은 채 내면의 그림에 —기분 좋은 것들로만— 초점을 맞추라고 요구한다. 처음 몇 초 동안은 치유 효과를 경험하게 된다. 아무런 해가 없이 치유 효과를 기대할 수 있는 명상은 쉽게 구할 수 있는 약이라고 할 수 있다.

하지만 안타깝게도 명상은 휘발성이다. 병에 담아 보관할 수 없다.

2~3분 이상 고요한 상태를 유지할 수 있는 사람은 거의 없다. 어느 정도 정신적 균형을 이룬 상태에 도달했다고 생각하는 순간, 샴페인을 터뜨리고 만다. 그러고는 바로 생각이 다른 곳에 가서 머물고 있다는 사실을 깨닫게 된다. 전통적인 스승들에서부터 나름대로 일가를 이룬 정신적 지도자에 이르기까지, 모든 영적 스승들이 옹호해온 명상 훈련은 그들이 약속했던 것처럼 만병통치약이 아니다. 그런 명상 훈련은 집중력이 2급에 머무는 일반인들에게는 지나치게 가혹하다. 열 손가락 안에 드는 수제자들만이 스승의 가르침을 실천할 수 있을 것이다.

아무것도 하지 말고 조용히 앉아 있으라. 봄이 찾아오고 풀들이 저절로 자랄 것이다 — 신승의 가르침

호흡 수련을 받아보았거나 마음속에 티벳의 운명의 수레바퀴를 그려보았던 사람, 혹은 하시데아 파(유대교의 분파)가 추구하는 이상인 끊임없이 하느님을 기억하고자 노력해본 적이 있는 사람이라면 내 말 뜻을 이해할 것이다.

2~3분 후면 당신은 집중력을 잃고 한두 단계 꾀를 부리고 싶어질 것이다. 인간이니 어쩔 수 없는 일이다. 그러나 당신이 잡념에 빠졌다고 생각하지 말고 지금 하고 있는 명상 훈련을 미화하고 뭔가 숭고한 결과를 얻게 될 것이라고 상상해보라.

명상 기법이란 사실 영적 능력보다는 우리의 지적 정직성을 시험하기 위한 것이 아닐까?

역설적으로, 명상을 할 수 없다는 사실을 인정할 때 비로소 명상이 시작된다고 할 수 있다. 따라서 명상 훈련은 성공 지향적인 모험이 아니라, 우리가 일상의 현실과 격리되어 지내는 것이 얼마나 어려운지 조심스럽게 일깨워주는 훈련이다.

유비무환. 명상은 우리에게 내면의 평화와 고요함을 약속한다는 미끼를 던진다. 그러나 그 미끼에 걸려드는 순간, 의지할 것이라고는 명상용 방석과 주문, 누더기가 된 자아밖에 없는 상태로 방황하는 자신을 발견하게 된다.

그렇게 상처받기 쉬운 상태가 되어야 깨달음을 얻을 준비가 되는 것이다.

깨달음이란?

일본어로 사토리, 중국어로 우 웨이, 티벳어로 사마드리, 히브리어로 드베쿠트 그리고 기독교의 거듭남. 이런 말들의 의미를 이해하기까지 그리고 득도의 후보 반열에 오르기까지 몇 주, 몇 달 혹은 몇 년이 걸릴 수 있다. 종교에 따라 몇 번을 거듭나야 할 수도 있다.

선불교의 탁월한 선승들은 깨달음을 갑작스러운 영적 성장이라고 정의한다. 사물을 보는 관점이 갑작스럽게 변하는 계기가 되는 현상이다. 선불교에서는 수십 년 동안 수련을 마치고도 깨달음을 얻지 못하다가 우연히 깨달음 위에 서 있는 자신을 발견했다는 선승들의 이야기가 수없이 많다.

이런 일화들은 우리가 영적 변화를 준비할 수 있을 뿐, 그것을 관장할 수는 없다는 사실을 말해준다.

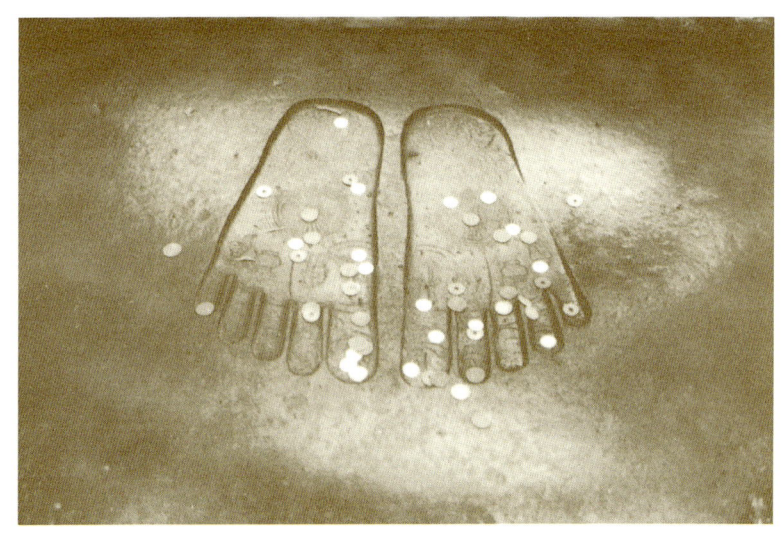

깨달음을 얻는다는 것은 자신을 아는 것, 그리고 자신으로부터 도망치지 않는 것이다

깨달음에 이르는 것은 어느 면에서 보면 복권에 당첨되는 것과 비슷하다. 수백만 달러짜리 대박이 아니라 당첨 확률이 높은 50달러 정도의 복권 말이다. 몇 년이 지나면 그 사건이 뜻밖이긴 했으나 얼마나 김빠지는 일이었는지를 떠올리며 피식 웃게 되는 일, 왜 좀더 감동적이고 극적이 아니었을까 의아해지는 일 말이다.

그렇다고 깨달음이란 반드시 명상 중에 찾아오는 것은 아니다. 사거리에서 신호등이 바뀌기를 기다리고 있거나, 전화를 받으며 창밖을 내다볼 때, 아니면 파티가 끝난 후 설거지를 하다가도 불현듯 깨달음에 이를 수 있다. 깨달음은 아무런 예고 없이 찾아온다. 아직 준비가 안 되었을 경우도 있다. 예기치 못한 일을 예측할 수 있는 사람은 아무도 없다. 따라서 깨달음에 이를 준비가 되어 있는 사람도 없다.

깨달음의 순간은 생각의 풍선처럼 무더기로 찾아온다. 한 사람이 지닌 통찰력의 단계를 '1에서 10' 으로 본다면 깨달음은 네 번째 단계 정도에 해당할 것이다.

어쩌면 어떤 상황이 닥치더라도 집세는 언제든 낼 수 있을 것이라는 믿음이 깨달음일 수도 있다.

혹은 항상 바르게 사는 것이 신이 내게 주신 의무라는 생각을 버리는 순간일 수도 있고, 손등에 드러난 파란 정맥을 생전 처음 보게 되는 순간일 수도 있다.

깨달음은 당신의 삶을 변화시킨다.

깨달음이란 내가 평범한 사람이라는 사실이 편안하게 느껴지는 상태를 다르게 표현한 것일 수도 있다.

결국 평범한 것이 범상치 않은 것이다. 물 웅덩이, 새를 쫓는 아이, 컴퓨터에서 나는 평화로운 소음 그리고 그 모든 것들 가운데 있는 나 자신의 있는 그대로의 모습.

꾸밈은 끝나고 존재로서의 고통스러운 두통도 사라진다. 완벽한 존재—그런 것과는 거리가 멀다— 는 아니지만 정신은 맑다. 아마도 생전 처음 허둥대지 않고 정신을 바짝 차린 상태로 앞으로 나아갈 준비가 되었다는 느낌이 들 것이다.

고양이들은 명상에 관해 알아야 할 모든 것을 알고 있다

조용히, 그러나 긴장하지는 마라

명상이란 우리가 때때로 '영혼'이라고도 부르는 거칠고 믿을 수 없는 녀석을 길들이는 것이라고 생각하라. 영혼이란 놈은 길들여지지 않은 짐승처럼 소음에 쉽게 위협을 느끼고, 극도로 예민해진 당신의 실제 자아는 공기 중에서 정전기를 감지하는 순간 기겁을 하고 달아난다. 내성적인 아니마(남성 속의 여성성), 다시 말해 당신 내면의 도둑고양이에게 다가가기 전에 소리 없이 걷는 법을 배우라. 고양이가 새로운 영역을 탐색하듯 조심스럽게 명상에 접근하라.

- ❦ 의자에 앉아 있든 서 있든 상관없이 오른발 발가락에 번갈아 힘을 주라. 왼발은 바닥에 가볍게 올려놓고 지면에 닿게 한다.
- ❦ 마음속으로 오른발 발가락에서 머리 끝까지 잇는 선을 긋는다.
- ❦ 왼발 발가락에서 머리 끝까지 잇는 선을 하나 더 긋는다.
- ❦ 이 선들이 고무줄이라고 생각하고 조금 늘려본다. 그리고 탄력성을 시험

해본다.

❦ 머리와 발을 잇는 줄을 계속 당겨본다. 바닥이나 머리 끝에서 고무줄이 늘어지게 하면 안 된다.

❦ 이제 조용히 앉아 있는다. 하지만 몸을 축 늘어뜨리거나 뻣뻣하게 하지 마라. 앉은 채로 몸을 움직여라.

❦ 정신을 한 곳에 가둬두려 하지 마라. 신축성이 좋은 고무줄로 된 고삐와 같은 주의력으로 정신을 통제한다.

4

빈둥거림

하루가 끝나는 시간, 모든 일로부터 신경을 끊고 한동안 생각이 흘러가는 대로 내버려두는 것은 매우 중요하다. 아무리 피곤하더라도 잠자리에 들기 전, 인지적 자아가 편안히 쉴 수 있는 기회를 제공하라. 어딘가 집중하는 일은 머리에서 내려놓자.

그리고 낮은 의자를 찾는다. 베개 두 개와 발을 올려 놓을 수 있는 의자, 아니면 통나무 그루터기도 좋다. 그리고 약 90센티미터 정도 되는 높이에서 눕는다. 그러면 눈

의 위치가 서 있을 때 배꼽 위치에 올 것이다. 그러면 소위 빈둥거릴 수 있는 자세가 된다. 그런 자세로 얼마 동안 머리가 제 감각으로 돌아올 때까지 기다려야 한다. 뇌가 안전하게 두개골 안으로 들어올 때까지 움직이면 안 된다.

가족이나 친구들과 함께 있다 하더라도 저녁 시간에 빈둥거리는 일은 혼자 있는 공간에서 해야 한다. 가족이나 친구 모임은 혼자 있는 것을 허용해주는 몇 안 되는 공동체 활동이므로 당신이 혼자 있다고 해서 나무랄 사람은 아무도 없다.

몇 발짝 떨어진 곳에서 친지들이 담소를 나누는 동안 혼자서 현관 앞 베란다의 오래된 그네에 몸을 맡기고 앞뒤로 흔들 수도 있다.

이른 시간 바에서 아는 사람과 담소를 나누는 것도 좋지만, 술집의 시끌벅쩍한 소리에 파묻힌 채 그대로 앉아 있어도 좋다.

아니면 아이들이 잠든 후, 좋아하는 의자에 깊숙이 몸을 묻고 한밤의 고요함을 음미할 수도 있다.

빈둥거리려면 인내심이 필요하다. 안락의자에 편안하게 자리를 잡고 앉는다. 아이러니하게도 안락의자는 안락한 것만 빼고 모두 갖추고 있다. 발 디딜 곳을 찾기 어렵도록 일부러 신경 써서 디자인한 것이다.

일어나려고 해보라. 의자 뒷부분의 각도 때문에 다시 주저앉게 된다.

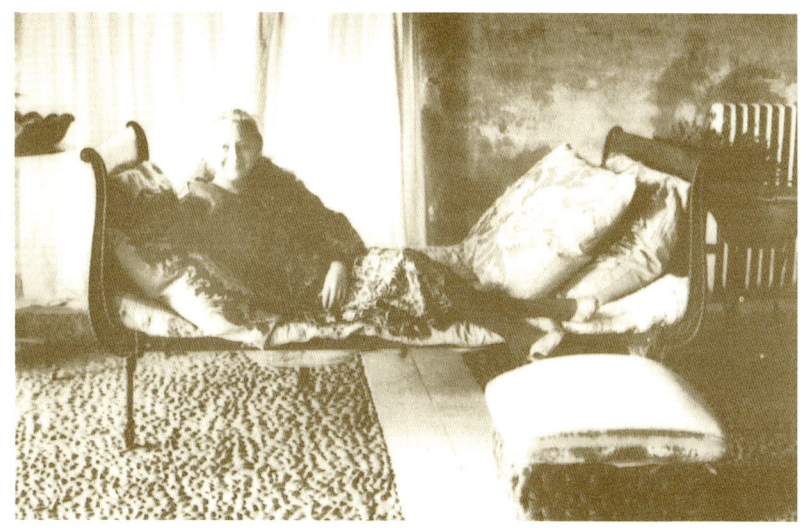

프로방스에서 완벽하게 오후를 보내는 한 가지 방법

팔걸이를 잡으려고 하면 뒤로 넘어가버린다.

쿠션에서 빠져나오려고 앞으로 몸을 굽히면? 그러면 엉덩이와 머리의 평형이 깨진다. 골반은 몸 전체 골격 가운데 가장 무거운 뼈로, 두개골보다 훨씬 강하다. 골반이 일단 낮은 위치에 놓이면 닻을 내린 것과 같다고 생각하면 된다.

이것이야말로 우리의 생각이 가볍게 움직이는 것을 막기 위해 꼭 필요한 자세다.

가장 중요한 것은 빈둥거리게 되면 우리의 관점이 바뀔 수밖에 없다는 사실이다. 땅에서 1.5~2미터 정도 높이에 있는 현실 속에서 행동하는 것이 아니라 발에서 90센티미터밖에 안 되는 세계에 속해 있기 때문이다.

새로운 각도에서 방을 바라보게 되고 평소에 가려져 있던 물건들을 볼 수 있게 된다. 전등 갓의 내부, 책꽂이 맨 아래칸에 꽂혀 있는 오래된 책들의 책등과 화병 속에서 시들어가는 꽃의 줄기들, 페인트가 벗겨진 창틀 등. 우연히 서랍에 붙은 청동 손잡이를 쳐다보면서 그것을 만든 장인의 솜씨에 놀라워하는 자신을 발견하게 될 것이다. 우리의 마음도 고양이와 같은 호기심으로 함께 탐색 작업에 참여할 것이다. 손잡이를 고정시켜주는 나사못도 세어본다. 세 개밖에 안 되다니! 하나가 없어졌군. 일어나서 공구함을 뒤져서 여분의 나사못이 있나 찾아

보고 싶은 충동이 들 것이다. 하지만 망할 놈의 의자가 꼼짝달싹 못하게 만든다. 하는 수 없이 좀더 깊숙이 앉아 조용히 명상을 계속한다.

불안감을 모두 소진해버려라

정신활동을 억제하는 일은 쉽지 않다. 정신을 땅바닥으로 끌어내리는 데 성공했다면 지금부터가 어렵다. 꼿꼿이 앉아 있다면 당신의 생각과 추측, 관찰력들이 스스로 정리될 수 있는 기회가 온 것이다.

우리가 생각해낸 것들 중 몇 가지 훌륭한 아이디어들은 의식이 쉬고 있을 때 떠오른 것들이다.

아이작 뉴턴은 나무 밑에 앉아 있다가 중력의 법칙을 알아냈다.

벤자민 프랭클린은 손가락 사이에 낀 등유 찌꺼기를 아무 생각 없이 굴리다가 전구의 필라멘트를 고안해냈다.

앨버트 아인슈타인은 무릎 위에 고양이를 앉혀놓은 채 우주의 수수께끼에

느긋하게 생각에 잠기면 물이 돌을 부식시키듯 긴장감은 사라진다

관해 골똘히 생각했다.

그러니 아직 포기하지 마라. 당신도 과학의 발전에 기여할 수 있다. 가능한 한 오랫동안 드러누워 있어 보자.

일어나고 싶은 유혹을 이기려면 지질학적 시간으로 바꿔놓아야 한다. 무게 중심을 바닥에 가깝게 두고 누워 있으면, 우리 몸은 산봉우리와 계곡이 이어지는 산맥이 되고 발은 반도 끝자락에 자리잡은 곳이 될 것이다.

생각이 그날 있었던 자질구레한 일들에 관해 이리저리 움직이도록 내버려 두라. 우리의 가장 밑바닥에 깔린 감정을 드러내기 위해 표면의 것들을 두려움 없이 모두 걷어내야 한다.

침식작용은 속도가 느리긴 하지만 창조적인 과정이다. 그 과정을 통해 지구상에 산이 빚어지고 협곡이 생겨났으며 모래와 사구가 생기고 대륙이 갈라졌다.

해변에서 빈둥거리는 사람들을 위해

해변에서는 기지개를 잘 켜게 된다. 햇살 때문에 졸음이 쉽게 온다. 하지만 일부 피부
과 의사들은 이런 무감각하고 몽롱해지는 느낌은 유해 광선인 자외선에 대한 알레르
기적인 반응에 지나지 않는다고 주장한다. 한낮의 따가운 햇살로부터 우리의 피부를
구하고 건강을 지켜야 한다. 목숨을 걸지 않고 해변을 즐길 수 있는(마음의 안정도 찾는)
방법들이 여기 있다.

- 밀짚모자를 쓰라 : 파나마모자 챙 너머로 보면 세상이 평온해 보인다.

- 뜨거운 모래 속에 몸을 묻어보라 : 땅의 유동성을 경험할 수 있다.

- 셔츠를 입은 채 파도타기를 하라 : 자신을 해파리쯤으로 상상해본다.

- 입술로 소금기를 느껴보라 : 요오드는 정신적인 경각심을 증진시켜준다.

- 끝없는 바다를 바라보라 : 내 생각을 수평선에 맡긴다.

◀ 언제나 옷을 입은 채 선탠을 하는 현명한 사람들을 본받으라

5

하품

근육을 뒤흔들어놓는 갑작스런 신체 내의 활동인 하품은 당연한 그리고 사과할 필요도 없는, 게으른 사람들이 할 수 있는 가장 격렬한 형태의 운동이다. 하품은 실제로 일상적인 운동의 하나로, 매우 효과적이다. 실적에 목매고 있는 여유 없는 사람들은 한번 해볼 만하다.

하품은 처음에는 머리 한가운데 어딘가에서 가벼운 압박으로 인해 생긴 작은 소용돌이처럼 느껴진다. 그러나

곧 회오리바람처럼 움직이며 몸 전체로 퍼져 나간다. 인두와 후두, 콧구멍과 기관지를 넓혀주고 눈썹과 어깨를 들어올린다. 그리고 폐가 확장될 수 있도록 횡격막을 내려준다. 심장을 빨리 뛰게 하여 뇌로 가는 피의 흐름을 증가시킨다. 그런 다음 극적인 회전운동을 통해 하품은 다시 머리로 돌아와 혀를 뒤로 물러나게 하고 아래턱을 양쪽 옆과 아래쪽으로 움직이게 만든다.

이 모든 것들이 6초 이내에 벌어진다. 하품이 끝나면 약간 휘청거리는 느낌이 들긴 하지만 몸은 훨씬 유연해진다.

대부분 하품은 혈액 속에 과도하게 생긴 이산화탄소에 대한 신체적 반응이라고 믿고 있다. 우리는 하품을 통해 뇌로 산소를 쏘아 올린다. 그러나 신경학자들은 이런 생각에 동의하지 않는다. 산소를 흠뻑 들이마신 실험 대상들도 여전히 하품을 했다고 한다.

신비로운 반사작용인 하품은 건강과 관련이 있는지도 모른다. 많이 아픈 사람들이나 심한 정신 이상자들은 입을 딱 벌리고 하품할 필요를 못 느낀다.

사전을 찾아보면 하품이란 피로감이나 지루함에 대한 반사적인 반응이라고 적혀 있다. 이것이 사실이라면 자연은 우리의 답답함을 날려주고, 지루한 순간을 확실히 없애주기 위해 최선을 다했다고 할 수 있다.

하품을 하라. 그리고 당신 주변의 끝없는 공허감을 맛보라

머릿속에서 저기압 골처럼 피로감이 형성되면 주저하지 말고 마음껏 하품을 해보라. 입을 가능한 한 크게 벌리고 턱을 한껏 잡아당겨보라. 그러면 우리 몸을 돌아다니던 억눌렸던 에너지가 부분적으로 막혀 있던 터널과 굴뚝, 다시 말해 귀와 눈, 코로 통하는 통로와 임파관뿐 아니라 기관과 허파 같은 대형 배출구 등 눈에 보이지 않는 통기구를 타고 배출된다. 미로처럼 얽히고 설킨 내부의 통로들과 외부 세계 사이에 균등한 압력이 주어지면 귀가 뻥 뚫리는 느낌이 들 것이다.

하품은 요가처럼 전신 스트레칭이긴 하지만 배를 끌어당기고 몸통과 다리를 꼬아서 몸을 비트는 자세나 호흡법 같은 강도 높은 훈련 따위는 필요 없다.

하품은 기분 좋게 아무런 노력도 들이지 않고 할 수 있다. 그래서인지 하품은 전염성이 있다. 이 역시 과학적으로는 풀리지 않는 수수께끼다. 입을 크게 벌리고 하품을 하는 사람을 보고 똑같이 따라 하지 않는 사람은 거의 없다. '하품'이라는 말만 들어도 코가 씰룩거리고 눈에 눈물이 고이며 입이 고무줄처럼 늘어나게 마련이다.

이런 현상에 대해 이렇게 설명할 수 있을 것이다. 우리는 모두 서로 연결되어 있다고. 인류 전체는 영혼의 거대한 환기 시스템인 셈이다. 입을 크게 벌리고 환풍기 한쪽 끝에서 바람을 일으키면 곧 닫혀 있지 않던 문과 창문들이 바람에 흔들리듯이 주위에 있던 모든 사람들의 턱과 코 그리고 고막들이 쿵쾅거리며 열렸다 닫혔다 한다. 그러므로 대중들 앞에서 하품하는 것은 바람직하지 않다. 엄청난 양의 연쇄 반응을 불러일으킬 수 있으니까.

자연스런 반사 요법

하품을 극복하려면 어디든 문을 열어야 한다. 하지만 점잖은 자리라 내부의 압력을 공기 중으로 내보낼 수 없는 상황이라면 한 가지 방법이 있다. 땅 속으로 내려보내는 것이다.

자신의 몸을 접지봉이라 생각하고 발을 통해 불필요한 에너지를 땅 속으로 내려 보낸다. 집에 들어서면 가장 먼저 신발을 벗어 던진다는 사실을 알고 있을 것이다. 그런 식으로 우리는 땅과 직접 접촉하며 발바닥을 통해 쌓였던 긴장감을 배출시킨다.

하늘은 바로 당신의 발 아래에서 시작된다

상황에 따라 땅과의 접촉이 좀 어려운 경우, 예를 들어 식당에서 웨이터들이 끝도 없이 이어지는 메뉴를 읊어댈 때, 여자들은 조심스럽게 식탁 밑에서 하이힐을 벗고 발가락을 구부렸다 폈다 할 수 있다. 남자들은 다리를 앞으로 쭉 뻗고(이때 실수로 앞에 앉은 여자가 벗어놓은 하이힐을 밟지 않게 조심해야 한다) 아킬레스건을 늘려준 다음 발뒤꿈치를 바닥에 대준다.

반사요법은 고대 중국의 치료법 중 하나로, 땅에 닿게 한다는 원칙은 같다. 이런 형태의 대체의학을 시술하는 사람들은 발의 특정 부위를 마사지해줌으로써 전신의 기의 흐름을 복원시키는 것을 도와준다. 여기를 누르면 허리 아픈 것이 덜해지고, 저기를 누르면 복통이 없어지거나 두통이 사라진다. 전문적인 발마사지를 받고 몇 분이 지나면 긴장이 풀리고 대개는 잠이 든다.

가난한 사람들을 위한 반사요법은 발가락을 꼼지락거리는 것이다. 효과는 거의 비슷하다. 다음과 같이 해보라.

발가락을 쫙 벌리고 쭉 뻗은 자세로 10초 동안 그대로 있는다. 이것을 4~5회 반복한다. 이 동작이 상체에 어떤 영향을 미치는지 잘 살펴보라. 크게 법석을 떨지 않았는데도 비강이 뚫리고 호흡이 안정되며 이마에 긴장이 풀어지고 발가락뿐 아니라 귀까지 시원해질 것이다.

물론 예의를 갖춰야 할 상황이라면 이런 점잖지 못한 동작을 해서는 안 된다. 대화가 재미없어지고 하품이 나올 것 같으면 상대의 말을 듣고 있는 척하면서 체중을 오른쪽에 두었다가 다시 왼쪽으로 옮겨주는 일을 반복하는 수밖에 없다. 정말 견딜 수 없을 정도로 지루해진다면 눈에 띄지 않게 몸을 앞뒤로 흔들어준다. 위급한 상황에서는 발의 여러 부위, 발뒤꿈치, 발바닥, 엄지 발가락과 다른 발가락을 바닥에 꾹꾹 눌러주면 내부의 활력을 유지할 수 있다는 사실을 항상 기억하라.

바닥과 살아 있는 유대관계를 유지하면 피로감과 지루함, 긴장감 등을 몰아낼 수 있을 뿐 아니라 공공장소에서 이를 드러내고 하품할 일도 없어질 것이다.

'행동하는 것'보다 '존재하는 것'을 경험하라 ▶

상상력을 확대하라

여기 정신력으로 하품과 싸우는 요령을 소개한다. 다음에 소개하는 '두뇌 게임'은 일본의 공안 게임에서 영감을 얻은 것이다. 정신력을 길러주는 이런 문제들은 선(禪)을 배우는 학생들에게 이성적인 세계에 대해 기본적으로 가지고 있는 가정을 없애주기 위해 고안된 것이다.

※ 시간을 뒤바꿔보라 :

월요일 오후다. 그런데 잠시 지금이 금요일 오후라고 생각해보자.

※ 운명을 바꿔보라 :

자기가 좋아하는 잡지에서 다른 사람의 별자리 운세를 읽고 그것이 자기 것이라고 생각해본다.

※ 글로 적힌 단어에 도전해보라 :

밝은 파랑색으로 '빨강'이라고 적힌 단어를 떠올려본다. '강'이라는 단어를 연상하면서 마음의 눈으로 자갈을 본다. '입술'이라는 단어를 적으면서 구름을 상상해본다.

❧ 무지와 싸워라 :

"난 모른다."라고 말하는 법을 배운다. 알지 못한다는 것은 무지와는 반대 개념이다. "난 모른다."라고 말할 때마다 호기심이 늘어날 것이고 우주는 확장된다.

❧ 가부장제에 의문을 가져라 :

'한 부부에게 배우자의 친할머니의 이름을 자기 이름으로 만들어보겠다'는 생각을 해본 적이 있는지 슬쩍 물어본다. 그러고는 편안히 앉아서 그들의 이야기를 듣는다.

❧ 연민을 느끼는 훈련을 하라 :

지구상에 살고 있는 사람에겐 누구나 자기 몸의 배꼽 아래 부분은 볼 수 없었던 임신 기간을 보냈던 어머니가 있다는 사실을 결코 잊지 마라.

6

낮잠

할 일이 너무 많을 때는 낮잠을 자라. 단 10분만이라도. 정신 나간 소리처럼 들리겠지만 날카로워진 신경을 잠시 끊어버리는 것이 마감에 쫓기는 당신의 시간을 훔치는 최선의 방법이다.

바쁜 하루 중에 가벼운 담요에 몸을 묻고 잠을 자는 것은 불가능한 업무 일정, 서로 상충되는 협의 사항과 골치 아픈 행사 일정 등을 피해가는 탈출구를 파는 것과 같다. 그리고 몇 분 후면 세상을 보는 눈이 달라져서 일상으

들판에 핀 백합을 보라. 그들은 힘써 일하지 않고 바삐 움직이지도 않는다

로 돌아오게 된다.

존 F. 케네디, 윈스턴 처칠, 토마스 에디슨, 나폴레옹 보나파르트, 레오나르도 다 빈치 등도 한낮에 잠깐 눈 붙이는 기술을 실천했던 사람들이다. 당신도 그들처럼 사람들의 등 뒤에서 잠깐 조는 것의 혜택을 알게 될 것이다.

수면에 관한 연구에 따르면 기분 좋게 수면을 취하는 동안 복잡한 생리적 과정이 진행된다고 한다. 겉으로 보면 무력증에 빠진 것처럼 보이지만, 사실 신체 내부에서는 풍부한 신경세포의 움직임이 빠르게 진행되는 상태라는 말이다.

잠을 자는 동안 정교한 뇌파들이 쉬지 않고 움직이며 무력한 상태에 있는 우리의 몸은 지능과 분별력, 경계심들을 생산해내느라 바쁘게 돌아가는 발전소로 변한다.

수면 부족이 피로감과 집중력 상실, 시각 및 감각적 환상 등과 같은 심각한 의식의 저하를 초래한다는 과학적인 연구 결과는 압도적으로 많다.

이른 오후에 잠깐 졸고 싶은 충동은 당신의 상식 수준과 판단력이 저하되고 있다는 것을 알려주는 고마운 신호다. 하루 중 이 시간은 교통사고와 산업현장의 사고 건수가 증가하는 때며, 이때가 바로 운전대 앞이나 작업대에서 잠이 드는 사람들이 생기는 시간이기도 하다.

재난을 자초하는 것보다는 잠깐 일손을 놓는 것이 낫다. 똑바로 누운 채로 나중에 깨어 있을 때 쓸 힘을 생산하는 제조 모드로 들어갈 수도 있다. 잠에 굴복하는 것은 효율적인 기능을 회복하기 위한 것 이상이다. 잠을 잠으로써 실제로 우리가 깨어 있는 상태라고 말하는 맑고 투명한 정신 상태가 만들어지기 때문이다.

죄 의 식 에 서   벗 어 나 라

맨정신으로는 소파에서 잠을 자는 것이 적극적인 노력이 될 수도 있다는 사실을 용납할 수 없다. 우리의 죄의식은, 컴퓨터 작업을 해야 하는데 소파 방석에 묻혀 빈둥거린다거나, 옷을 입은 채로 잠이 드는 것은 자본주의에 대한 범죄라는 확신을 안겨준다.

무엇을 기대하는가? 인지적 자아는 자신의 비인지적 자아의 근본을 이해하지 못한다. 당신의 양심은 잠을 빼앗긴 무겁고 숨막히는 환경 속에서 오후 내내 종종 걸음치게 만들 것이다.

연옥에서 보내는 달콤한 10분을 15분도 가지 못할 실적과 바꿀 수 없다고 당신의 초자아를 설득하느라 시간을 낭비하지 마라. 불면증 환자들이 살고 있는 땅에서 낮잠을 자는 사람들은 항상 따가운 눈총을 받게 마련이다.

그러나 라틴계 국가에서는 그와 정반대다. 낮잠을 자지 않는 사람들을 이상하게 여긴다. 이탈리아와 스페인 남부, 프랑스에서 시에스타(Siesta)는 관광객을 제외한 모두가 즐기는 점심식사 후의 소화를 위한 성스러운 의식이다.

희극작가 노엘 카워드의 유명한 미친 개들과 영국인들처럼 외지인들은 따가운 한낮의 태양도 잊은 채 이리저리 방황하고 다니는 반면, 현명한 원주민들은 45분 동안 그늘에 들어가 쉰다. 은행과 박물관, 우체국, 교회와 상점들도 모두 문을 걸어 잠근다. 도시 전체가 휴식상태에 들어가면서 교통량도 썰물처럼 빠진다. 자신들만의 공간인 침실에서 그들은 창문의 셔터를 모두 내린 채 휴식을 취한다.

이들 나라에서 당신이 할 수 있는 가장 좋은 일은 내면의 모니터를 스크린세이버 모드로 자동 변환시키고 눈을 비비며 편안히 기대고 눕는 것이다.

아니면 문을 닫고 서류철을 베고 책상 밑에 누워보라.

기업가들은 빈 사무실에 있는 소파를 찾을 것이다.

고위 임직원이라면 안락의자에 푹 파묻혀 미용에 좋다는 낮잠을 즐길 것이다.

젊은 엄마들은 아기를 요람에 눕히고 자장가를 불러줄 것이며, 간밤에 늦게까지 TV를 보느라 잠을 설친 직장인들은 초라한 도시의 잔디밭에서 도시락을 먹고는 모자란 잠을 보충할 것이다.

화물트럭 운전 기사들은 주차장을 찾아 들어가 운전석을 뒤로 완전히 젖히고 운전대 위에 발을 올려놓은 채 차 속에서 잠을 청할 것이다.

이 장을 끝내기 전에 이것만은 인정해야 한다. 달콤한 낮잠을 즐기려면 약간의 죄의식은 감수해야 한다.

아! 아무것도 하지 않고도 잘할 수 있다면

최고의 낮잠을 위한 비법

긴 낮잠은 잠의 전문가들을 위한 것이다. 후식 다음에 따라오는 또 다른 진미다. 상쾌한 기분으로 잠에서 깨어나기 위해 다음에 소개하는 절차를 따라야 한다. 어렵지 않다.

1. 셔터가 없다면 블라인드나 커튼을 내린다. 방은 부드럽고 휴식하기 좋을 정도로 어두워야 한다.

2. 신발을 벗는다. 심하게 구겨지거나 걸리적거리는 옷 정도만 벗는다. 낮잠을 잘 때는 어느 정도 정장도 상관없다. 최고의 낮잠은 공식적인 행사의 일종이니까.

3. 시계를 한번 보고 손목시계는 풀어놓는다. 몇 시에 일어날지 결정한다. 일어날 시간이 되면 무의식이 당신을 툭 건드려줄 것이라는 것을 믿어라.

4. 담요를 덮고 눕되 침대 속으로 들어가지는 마라.

5. 눈을 감고 이제 곧 짧은 항해를 떠날 작은 배에 타고 있다는 상상을 한
다. 닻을 올리고 배가 떠내려가게 내버려둔다. 처음에는 배가 덜컹거
릴지도 모른다. 그러나 곧 파도가 잦아들어 잔잔한 바다로 항해를 하
게 될 것이다.

6. 암초에 부딪혀 잠이 깰 수도 있다. 배의 밑바닥이 모랫바닥을 긁을 수
도 있다. 그러면 배를 해변으로 끌어 올리듯이 천천히 침대에서 몸을
일으킨다.

7. 얼굴에 물을 끼얹고 기지개를 켠 다음 창문을 연다. 서두르지 마라. 시
간은 충분하니까.

목 욕

반드시 목욕탕 안에서만 목욕을 할 수 있는 것은 아니다. 우리는 몸 안의 세포들이 만들어내는 따뜻한 수조 속에 몸을 담그고 있다. 몸무게의 3분의 2가 밀도나 화학성분 면에서 소금기 있는 바닷물과 거의 같은 액체로 되어 있다.

우리의 먼 조상들이 바다에서 헤엄쳐 나와 육지의 생명체로 변했을 때, 그들은 진화로 인한 물 부족 상태에서 살아 남기 위해 필요한 물을 준비해서 나왔다. 따라서 목

욕을 한다는 것은 원초적인 수중 상태로 잠시 돌아가는 것을 의미한다.

우리는 원숭이보다는 돌고래와 더 많은 공통점을 지니고 있다. 털이 없는 우리 피부에는 유선형의 피하 지방층이 있는데, 이는 바다 포유류의 부력과 같은 역할을 한다. 서 있는 자세는 우리의 머리를 물 위에 오도록 유지해준다. 우리는 호흡을 조절하여 물 속으로 뛰어들 수 있을 뿐 아니라 돌고래 친구들처럼 휘파람 소리도 내고 끼룩거리며 울 수도 있다.

물이 있는 환경은 소리와 함께 노는 우리 본연의 능력을 회복해준다. 내성적이고 수줍음을 타는 사람들도 욕조 안에서는 노래를 부르거나 흥얼거린다. 정신과 의사들이 알아낸 바에 의하면, 육지에서는 의사소통을 할 수 없는 환자들이 욕조에 일단 들어가면 말이 더 많아진다고 한다. 아이들은 물 속에 들어갈 때 너무 좋아서 비명을 지른다. 또 자궁 속 아열대성 양수 안에 떠 있는 태아는 작은 해달처럼 끼룩거릴지도 모른다고 생각하는 사람도 있다. 육지에서의 운동보다 강도가 높지 않은 수중 운동은 산소 소비량이 적어 뇌로 가는 산소의 양이 많아진다. 이는 미숙아들이 따뜻한 수중 환경으로 들어가면 적응을 더 잘하는 이유도 된다.

러시아에서는 산모들이 따뜻한 수조 안에서 출산을 하도록 권장하고 있다.

'워터 베이비'라고 부르는 이 아기들은 눈을 크게 뜨고 평화로운 상태로 세상에 나온다. 그러다 물 밖으로 나오면 울음을 터뜨린다.

집에 있는 개인 욕조에 살짝 몸을 담그는 것만으로도 수중 생명체였던 우리는 태초의 자아와 연결될 뿐더러 지구 표면을 덮고 있는 3억 3천만 제곱 마일의 바다 속으로 들어가는 것도 가능해진다.

거대한 수중 세계 안에서 당신의 배관 기관은 거미줄에 달린 이슬이나 마이애미 전역을 뒤덮는 폭풍우처럼 자연의 일부가 된다.

끊임없이 흐르는 액체의 영역으로 들어가려면 귀를 수면 아래 담그고, 보이지 않는 수중 세계의 출렁이는 소리에 귀를 기울이기만 하면 된다. 배에서 꼬르륵거리는 소리, 목에서 맥박 뛰는 소리, 목욕물이 쏴 하고 출렁이는 소리, 또 멀리 하수구에서 물이 콸콸 흘러 내려가는 소리, 갑자기 들리는 이웃집 화장실에서 물 내리는 소리, 또 인간이 건설해놓은 모든 것들이 습지로 변하는 것을 막아주기 위해 설치된 수많은 수도관과 수로, 하수구와 빗물받이를 타고 흐르는 희미한 물소리.

당신의 욕조는 마치 에나멜을 칠해놓은 거대한 소라 껍질처럼 끊임없이 흐르는 이 세상의 물소리를 엿들을 수 있는 도청 장치가 된다.

일본에서는 물 요법이 건강을 회복시켜줄 뿐 아니라 죄도 씻어준다고 여겼다

이들 지하의 수중 세계가 내는 웅얼거림에 귀를 기울이면 이마에 흐르는 땀방울, 공기의 흐름, 천정에 맺힌 물방울도 의식할 수 없을 정도로 기분이 좋아진다. 어디서 몸이 끝나고 어디서 수중 세계가 시작되는지 더 이상 신경 쓰지 않고 점점 더 욕조 깊숙이 몸을 담근다. 자신도 의식하지 못하는 사이에 배수구를 향해 몸이 떠 간다. 누군가 당장 마개를 빼버린다면 아무런 저항 없이 물 밖으로 흔쾌히 빠져나갈 수도 있을 것이다. 20분 정도 몸을 담그고 있었다면 아무런 상관이 없다. 물의 흐름과 이미 하나가 되었으니까.

물 요법이란?

물 요법이란 가장 대중적인 형태의 목욕을 말한다. 온수나 냉수에 그저 몸을 담그기만 하면 된다. 이 방법은 정신 건강을 증진시키고, 물의 물리적·기계적 힘을 이용해 긴장을 완화시켜준다.

물 속에 들어가면 땅에 있을 때보다 몸이 훨씬 가벼워지는 느낌을 받는다

(수영장의 깊은 곳에 떠 있으면 체중이 45킬로그램은 줄어든 것 같은 느낌이 들 것이다).

사람을 아래로 잡아 끄는 땅의 중력과 달리 물은 사방에서 당신의 몸에 압박을 가해 머리끝부터 발끝까지 부드럽게 몸을 조여준다. 욕조가 클수록, 수영장이 깊을수록 몸은 더욱 유연해지며 부종, 두통, 관절통, 근육통 등이 모두 사라진다. 물 분자가 균등하게 피부를 압박함으로써 몸매 교정 속옷을 입는 것보다 몸이 더욱 정돈된다.

고대의 물 요법에는 영적인 면이 함축되어 있었다. 예를 들어 로마 인들에게 청결은 신성에 버금가는 것이었다. 공중 목욕탕을 애용하는 일은 로마 시민들의 의무이기도 했다.

일본에서는 마음의 진정을 얻기 위해 성스러운 폭포 아래 서 있는 수백 년된 전통이 있다.

인도에서는 갠지스 강을 따라 수천 명의 순례자들이 완만하게 흐르는 성스러운 강물에 몸을 담근다.

유대교와 기독교의 전통에 따르면 세례는 아직도 하나의 통과의례이며 부활과 다름없는 침례의식이다.

자이푸르에서 행해지는 고대 목욕의식. 순례자들이 그 마을의 성스러운 수조에 모여 있다

아로마 요법이란?

아로마 요법은 후각을 강조하는 물 요법이다. 향기 나는 에센셜 오일을 목욕물에 섞어서 따뜻한 물이 지닌 진정 효과에 자극적인 요소를 첨가하는 것이다. 이 방법은 건강뿐 아니라 기억력을 재생시키는 효과도 있는 것으로 알려져 있다.

오랫동안 잊고 있었던, 어릴 적에 맡았던 향기의 자극적인 위력은 행복했던 어린 시절의 느낌을 되살려준다. 솜털 보송보송했던 그 시절 이후로 경험하지 못했던 것들 말이다.

그러나 아로마 요법이란 유칼립투스나 베르가모트, 캐모마일 등의 기분 좋은 향에만 국한되지 않는다. 감각을 활성화하고 신체 기능을 자극하기 위해 할머니의 몸에 남아 있던 소금 냄새, 예기치 못했던 쏘는 듯한 강한 향기 같은 것들이 사용되는 경우도 있다.

예를 들어 테레빈유와 우유를 섞은 것을 목욕물에 타면 놀라울 정도로 기분 좋은 혼합물이 된다. 유럽에서는 이 방법이 호흡기와 소화기에 치료 효과가 있어 인기를 얻고 있다.

　미국의 헬스 스파에서는 자신들이 직접 혼합한 목욕 오일을 이용해서 태초의 기억을 떠올려주는 섬세한 향기로 고객들의 영혼까지 파고든다. 예를 들어 라벤더와 로즈메리 향기가 은은하게 퍼져 있는 곳에 들어가면 모기약 냄새가 약간 섞인 인스턴트 레모네이드 냄새를 희미하게 느낄 수 있을 것이다. 이런 특이한 냄새들은 버몬트 숲에서 처음으로 야영했던 기억을 떠올려준다. 그리고 목욕은 기분 좋게 향수에 빠져들게 하는 편안한 경험이 된다.

특수 목욕 요법은 어떨까?

　세 번째로 특수 목욕 요법이 있다. 이는 모든 목욕 요법들 가운데 가장 논쟁이 분분한 치료법이기도 하다. 고대의 전통적인 치료법인 특수 목욕 요법은, 온천이나 심해의 화학 성분 혹은 미네랄 성분의 이점을 활용하는 방법이다. 특수 목욕 요법은 물 요법, 즉 단순한 목욕 이상의 의미를 지닌다.

심해 요법(해양 추출물을 사용해서 하는 샤워와 침수의식), 전신 랩핑(목욕이라기보다는 향유를 바르는 것에 가깝다), 약초물에 몸 담그기(마치 티백에 들어간 듯한 기분이 든다), 스팀 요법, 화산처럼 생긴 진흙 구덩이에 몸을 담그는 것 등 광범위한 이국적인 방법들을 포함하는 특수 목욕 요법의 종류는 매우 다양하다.

향기가 좋은 아로마 요법과는 달리 특수 목욕 요법은 냄새가 고약한 경우도 종종 있다. 물 속에 함유된 자연 유황, 미세 해조류 혹은 활성 효소 등이 우리의 후각을 자극한다. 그러나 특수 목욕 요법이 매우 인기를 얻고 있는 유럽에서 좋은 스파를 정기적으로 찾는 손님들은 이 요법에 대한 신뢰가 대단하다.

냄새를 제거한 시판용 목욕제품들은 어디서든 구할 수 있다. 집에서 손쉽게 할 수 있는 자연산 연고, 크림, 도찰제, 토닉, 찜질약 등은 스파의 선물 코너나 건강식품 코너에서 대부분 구할 수 있다. 사용해보라. 위험하지 않다. 그러나 특수 목욕 요법이 끝나면 속을 일이 전혀 없는 물 요법을 계획해보라고 권하고 싶다.

물이 있는 곳에 생명이 있다

잊혀진 민간 요법

항생제가 발명되기 전, 유럽에서는 뜨거운 물에 팔을 담그는 것으로 감기를 치료했다. 단기간의 고열에도 이 방법이 사용되었으며, 사람들은 이것이 몸의 독소를 제거해준다고 믿었다.

- ❦ 세면대 앞에 의자를 끌어다놓고 책상에 앉듯이 그 앞에 편안히 앉을 수 있도록 베개를 두 개쯤 올려놓는다.

- ❦ 파자마를 입고 머리를 올려 묶은 다음 소매를 걷어 올린다. 그리고 시계를 본다. 이 방법은 20분을 초과해서는 안 된다.

- ❦ 세면대를 뜨거운 물로 채운다. 원하면 향기 나는 목욕 오일을 넣는다.

- ❦ 깨끗한 타월로 머리와 얼굴을 덮는다.

- ❦ 맨 팔을 앞으로 교차시킨 다음 물 속에 담근다.

- ❦ 5분마다 뜨거운 물을 틀어 물의 온도를 올려준다.

❧ 수증기로 인해 전신의 땀구멍에서 땀이 배출되고, 당신의 몸은 온통 물이 뚝뚝 떨어지는 분홍빛을 띠게 된다.

❧ 20분이 지나면 일어나서 팔과 얼굴을 말린 다음 바로 침대로 간다. 그러면 아기처럼 깊은 잠을 잘 수 있으며, 아침이 되면 온몸에 기운이 넘칠 것이다.

8

미각

완벽하게 부풀린 초콜릿 무스는 촛불이 나방을 유혹하듯 당신의 숟가락을 유혹한다. 호기심을 만족시키려면 그 유혹에 빠져드는 일밖에 없다. 벨벳처럼 부드러운 짙은 색 표면 아래 숨겨진 신비로운 감명의 세계가 당신에게 손짓한다.

우리는 몸에 영양을 공급하기 위해 음식을 먹지만, 음식의 맛은 우리의 마음까지 만족시켜준다. 미식가는 아니라 할지라도 한 입 베어 입으로 가져갈 때마다 느껴지

는 맛과 향기는 위가 활동을 시작하기 전에 이미 우리의 뇌를 즐겁게 해준다. 훅 끼치는 페놀 향에서부터 입에 군침이 돌게 하는 아세트산에틸까지 우리의 코와 혀가 모든 미세한 음식 입자를 포착해서 허기를 느끼게 하는 신경까지 전달하는 데 걸리는 시간은 10분의 1초밖에 안 된다.

음식의 맛을 소화하는 데는 엄청난 정신 집중이 요구된다. 음식을 보고 눈이 반짝이는 사이에 우리의 뇌 피질은 500만 개 이상의 냄새와 맛을 감지하는 세포에서 제공하는 데이터를 빨아들여 색과 모양, 온도, 질감 그리고 음식을 섭취하는 소리와 혼합한다. 우리의 기억 은행에 영원히 저장되는, 우연히 발견한 이런 감각들을 과학자들은 '풍미'라고 부른다.

미식가나 식도락가들은 특이하고 이국적인 음식을 보면 눈을 지그시 감고 순간적으로 현기증을 느낀다. 복잡한 맛을 해독하는 데 필요한 정신 활동으로 인해 생긴 돌발상황이 너무 강력하고 갑작스럽기 때문이다. 음식의 풍미에 포함된 정보의 양이 얼마나 되는지 알아보려면 마르셀 프루스트의 작품을 생각하면 된다. 마들렌느 케이크를 한 입 살짝 베어 먹는 것만으로 이 프랑스 작가는 예기치 못했던 자신의 기억 속에 묻혀 있던 자료들을 끌어내어 《잃어버린 시간을 찾아서》라는 책을 쓸 수 있었다. 의식의 흐름을 다룬 이 12권짜리 걸작은 현대문

신선한 농산물은 머리 회전이 좋아지게 하는 음식이다

학사에서 가장 긴 소설 가운데 하나다.

음식을 천천히 먹는 사람은 대개 위보다는 정신에 더 관심이 있는 사람이다. 음식의 맛을 보는 것은 가장 기분 좋게 사고를 자극하는 일들 가운데 하나다. 다음에 성찬으로 차려진 식탁에 앉게 되면 잠시 시간을 내어 음식의 질감을 탐색해보라. 단단한지, 부숴지기 쉬운지, 씹는 맛은 어떤지, 점도는 어떤지. 색깔과 탄력, 소리까지도. 얇고 바삭거리는 생강쿠키의 부서지기 쉬운 성질이나 크림 소스의 새틴처럼 부드러운 표면을 보고 어떤 기억이나 단어를 떠올려보라.

와인을 맛볼 때는 마시기 전에 그 술의 시각적·후각적 특성에 관해 곰곰이 생각해보자. 포도주 학자들은 잔을 바로 입으로 가져가는 일을 꺼린다. 그들의 미뢰는 신중한 관찰을 통해 이미 수집해놓은 공들인 인상을 확인해줄 뿐이라는 것을 알고 있기 때문이다.

차 맛보기도 와인 맛보기와 마찬가지로 마른 찻잎의 색깔과 달여낸 잎의 색깔을 꼼꼼히 살피고 물의 온도에 따라 향을 비교하는 기나긴 절차라고 할 수 있다.

차 맛을 볼 때 전문가들은 최대한 큰소리를 내기 위해 차를 빨아들인다. 전설에 의하면 인도의 차 감식가들은 이빨 사이로 빨려 들어오는 소리만 듣고도 찻물이 우물물인지 저수지 물인지 아니면 샘물인지 알아낼 수 있었다고 한다.

일본의 다도는 손님들을 시적 환상에 빠져들게 하고, 다른 참석자들과 지혜를 나누기 위한 기회를 제공할 수 있도록 구성된다. 다실의 차분한 실내장식으로 인해 크게 공들이지 않은 꽃꽂이와 엄숙한 선으로 이루어진 벽에 걸린 그림 족자, 단아한 찻잔마저도 경이로움을 불러일으킨다. 녹차를 조금씩 마시는 사이에 손님들은 깊은 통찰력을 지닌 사고의 풍미를 맛보는 것이다.

혀끝이 하는 일은?

나비들은 대개 미뢰가 앞다리에 있다. 그래서 나비들은 꽃 위에 앉기만 해도 꽃이 달콤한지 아닌지 알 수 있다. 물고기들 중에는 미각 기관이 지느러미에 있거나 꼬리에 있는 것들이 있다. 그들은 헤엄쳐 다니면서 물의 풍미를 즐긴다. 우리 인간은 혀로 음식의 맛을 본다. 말할 때도 같은 기관을 사용한다. 따라서 입에 음식을 가득 넣은 채 대화를 하는 것은 타고난 습성일 수도 있다.

그러나 결국은 말을 하려고 혀를 움직이기 전에 구강을 깨끗이 청소하는 법을 배우게 된다. 하지만 맛있고 영양이 풍부한 음식을 보면 만족감을 소리로 나타내고 싶은 욕구를 느낀다. 자극을 받은 미뢰는 무뚝뚝하기 짝이 없는 사람조차 시인으로 만든다. 주인은 음식을 먹는 동안 손님들의 입에서 얼마나 독창적인 형용사들이 많이 쏟아져 나왔나로 차려낸 음식의 성공 여부를 판단한다.

미식의 발전은 세련된 대화 기술과 밀접한 관련이 있다. 음식에 조예가 깊은 미식가인 프랑스 인들은 적당한 말을 찾지 못해 당황하는 경우가 전혀 없다. 재치 있는 대화가 메뉴에 들어 있진 않지만 프랑스에서는 시끄러운 정도에 따라 그 식당을 평가한다. 식당에 들어섰을 때 지나치게 조용한 경우 우리는 돌아서서 나오고 싶은 유혹을 느낀다. 반대로 분위기가 시끌벅적하면 일단 음식이 맛있을 것이라고 가정한다. 또한 조리법에 대해 장황하게 설명을 늘어놓으며 손님들의 식욕을 돋워주는 웨이터들이 이런 인식을 더욱 확고하게 해준다.

요리사들에게는 어휘가 운명이다. 식사하는 손님들이 쓰는 어휘 말이다. 표현이 부족한 손님들은 누군가의 험담을 하는 친구나 끊임없이 지껄여대는 흥겨운 취객, 웃기는 기조연설자 혹은 지칠 줄 모르고 건배를 외치는 친구들만큼이나 대접하는 재미가 없다.

불행히도 요리의 우수성을 평가해줄 형용사는 지구상에 그리 많지 않다. 보

맛은 잊어버릴 수 있지만 그 향은 결코 잊을 수 없다

통 사람들은 음식의 맛에 대해 "맛있다." 아니면 "정말 맛있다." "입에서 살살 녹는다." 등 몇 마디 같은 표현을 반복해서 쓴다. 주방장들은 입에 침이 돌게 하는 자신들의 요리를 표현하는 신조어들을 만들어내는 데 능하다. "풍미가 있는" "손가락을 쪽쪽 빨 정도로 맛있는" 등의 표현들도 현대 요리가 제공하는 흥미로운 음식들을 표현하기에는 역부족이다.

인간들의 미뢰는 달콤한 음식보다 쓰거나 짜고 신 물질에 더 민감하다. 혀의 양측면과 후면을 포함해서 연구개까지 신맛, 톡 쏘는 강렬한 맛, 쓴맛, 떫은 맛 등을 감지하는 미뢰가 주류를 이룬다. 음식을 포착할 수 있는 곳이면 거의 어디든 돌기 속에 묻혀 전략적인 위치를 점하고 있는 우리의 미뢰는 신체의 위험을 알리는 조기경보 시스템의 일부라고 할 수 있다. 혀의 맨 뒤쪽 목구멍 부근에 자리잡고 있어 독성이 있는 물질이 들어오면 목구멍으로 내려보내지 않고 토하게 만든다.

입 전체에서 유일하게 당분의 존재를 명백하게 감지하는 곳은 혀끝뿐이다. 뇌의 활동을 상승시키는 열량 높은 단 음식이 이 자그마한 미각 영역을 지나가게 되어 있다. 그래서 혀끝에서 맴돌던 단어를 찾아냈을 때의 기분이 그렇게 달콤한가 보다.

프랑스에서는 요리사에게 주는 가장 큰 칭찬이 즐겁게 대화하는 것이다

술을 마시고도 취하지 않는 법

먼저, 술잔 잡는 법을 배워야 한다. 맑은 정신으로 있느냐, 취해서 곤드레만드레 되느냐 하는 것은 와인 잔을 잡는 법에 의해 좌우된다. 와인 전문 시음가들이 말하는 몇 가지 요령을 알아두면 집에 갈 때 택시를 부르거나 다음날 집주인에게 사과해야 할 일은 없을 것이다.

- ❦ 와인을 마시기 전에 항상 잔을 눈높이로 들어 올린다. 똑바로 앉아서 편안하게 숨을 쉬면서 그날 밤 당신의 적이 될 주신인 바커스 신께 조용히 건배를 올린다.

- ❦ 술잔에 너무 가까이 가지 마라. 적당하게 거리를 유지하라. 와인을 마시지 않을 때는 술잔 가장자리가 코끝에서 적어도 20센티미터는 떨어져 있어야 한다.

- ❦ 술을 마실 때 절대로 천장을 올려다보지 마라. 술잔을 통해 똑바로 정면을 바라보라.

❧ 가능한 한 자주 술잔을 입술에 갖다 대고 향기를 마시되 술은 마시지 마라.

❧ 아무 생각 없이 벌컥벌컥 들이마시는 일은 절대 금물이다. 목구멍으로 술을 넘기면서 맛을 음미하라. 자신이 마시는 술을 음미하는 것이 술에 취하지 않는 방법이다.

9

귀기울이며 듣기

우리의 귀는 소리에 약하다. 사람의 입에서 나오는 말은 거부할 수 없는 음식과도 같다. 아무도 손대지 않은 먹음직스러운 음식을 처음 뜰 때 느끼는 기대감 때문에 전화기를 그냥 울리게 내버려두거나 사무실에서 하는 험담을 중단시키고, 저녁 뉴스가 시작되기 직전에 TV를 끌 수 있는 사람은 거의 없다. 사람의 목소리는 우리 모두에게 기분 좋은 기대감과 긴박함을 느끼게 한다.

우리의 청각 체계는 말을 해독하고 인지하며 식별하는 초민감 음향 장비다. 어둠 속에서 작은 소리로 속삭이든 귀가 얼얼할 정도로 시끄러운 식당에서 악을 쓰든 상관없다.

최악의 청취 조건하에서도 우리의 뇌는 단어를 재구성해서 들은 말의 요지를 알아낸다. 우리의 인지기능은 소리와 입술의 움직임, 억양, 일시적 중단, 더듬거림이나 미소, 비웃음이나 찡그림 같은 고립된 단서들을 찾아내어 언어적 표현으로 이어 붙이는데 전혀 문제가 없도록 훈련되어 있다.

우리의 대뇌피질은 다른 사람이 하는 말의 마지막 부분을 미리 알아낼 수 있도록 만들어져 있다.

우리가 지금 막 들었다고 생각하는 것의 대부분은 상상력의 산물이다. 우리가 미처 알지 못하는 사이에 다른 사람들이 뱉어낸 말에서 빠진 부분을 채워 넣고 문법을 고치고 억양을 해독하고 마침표를 더하고 단어들을 대체한다. 남의 말을 들으면서 자기 나름대로의 말로 만들어가는 것이다.

우리들 대부분은 다른 사람들이 말을 미처 끝내기도 전에 이미 그들이 무슨 말을 하려고 하는지 이해할 수 있다. 누군가의 말을 듣는다는 것은 수동적인 것과는 거리가 멀다. 그것은 적극적이고, 영감을 줄 뿐 아니라 종종 창조적 공감을 만

무엇인가 듣는 것보다 아무것도 듣지 않는 것이 훨씬 흥미롭다

들어내는 행위라고 할 수 있다.

이런 과정을 음운 복원이라고 하는데, 이는 유용한 생존을 위한 기능이기도 하다. 폭풍우가 몰아치는 가운데 선장이 하는 말을 알아들으려고 노력할 때나 제임스 본드 스타일로 손목시계에 장착된 마이크로 칩에 녹음된 음성 메시지를 해독할 때는 결정적인 자산이기도 하다.

그러나 회의실이나 교실, 거실 혹은 침실 같은 정상적인 상황에서는 음운 복원은 의사소통에 있어 혼란만 초래할 뿐이다. 누가 하는 말을 걸러내려고 애쓰기 전에 듣기와 말하기 사이에는 분명한 경계선이 없다는 사실을 기억하라.

다음에 회의에 참석할 때는 편안히 앉아서 들어라. 아예 듣는 사람으로 정해지는 것도 좋다. 그리고 언어를 교환할 때 사용되는 모든 말들을 따라가기만 하는데도 얼마나 많은 집중력을 요하는지 주목해보라.

적극적으로 참여하기 위해서 말을 할 필요는 없다. 다른 사람들의 눈에는 당신의 시선이나 머리 움직임, 미소와 얼굴 표정 하나하나가 말의 일부다. 다른 사람의 말을 많이 들으면 들을수록 그들은 더욱 당신의 인정을 받으려 할 것이다. 사람들의 말을 경청하게 되면 사람들을 끌어 당기는 힘이 강해진다. 일단 집중을 하게 되면 당신이 주목하고 있다는 사실이 지휘자의 지휘봉과 같은 역할을 하게 된다. 당신은 말없이 사고의 흐름을 장악하게 되고, 대화의 결과에 영향을 미치거나 아니면 대화를 더욱 혼란스럽게 만들 수도 있다. 대부분 가장 많이 듣는 사람이 주어진 상황을 주도한다.

직감에 귀를 기울여라

조용한 환경에서 우리의 뇌는 말로 할 때 분당 500개의 단어를 처리할 수 있다. 불행히도 아무리 달변가라 할지라도 청각적 자극에 대한 우리의 탐욕을 만족시키지는 못한다. 대부분의 연설자들은 평균적으로 1분에 150단어밖에는 전달하지 못하며, 그것도 완전한 문장으로 자신을 표현한다는 가정하에서다. 얼마 지나지 않아 청중들은 부족한 350단어에 대한 욕구 때문에 견디기가 어려워진다.

주의력이 매우 높은 사람들은 이런 고통의 시간을 자신의 직감에 귀를 기울이는 데 이용한다. 그들은 귀뿐만 아니라 눈도 사용한다. 듣기를 잘하는 사람들

비밀을 나누는 일은 말 이상의 것을 나누는 것이다

은 또한 주의 깊은 관객이기도 하다. 연설자의 논의를 따라가는 동안 그 사람의 얼굴 표정이나 머리 모양, 걸치고 있는 보석, 의복, 몸짓까지 꼼꼼히 살핀다.

발표가 끝나면 연설자의 생김새와 목소리의 특징까지도 정확하게 묘사할 수 있어야 한다. 하지만 들은 말을 그대로 반복할 수 있을 것이라고는 기대하지 마라. 기억할 수 있는 말이 너무 적고, 그것도 띄엄띄엄 떨어져 있기 때문에 단어 그 자체는 아주 희미한 인상만 남길 뿐이다.

그게 당연할지도 모른다. 대화의 자세한 내용을 기억해내려고 할 때 생각나지 않는 부분이 있다고 머리를 칠 필요는 없다. 한 주요 대학의 연구에 따르면 지적인 내용은 모든 언어로 하는 의사소통의 7퍼센트밖에 차지하지 않는다고 한다.

화자와 청자 사이에 전달되는 내용은 단순한 단어의 교환 이상이다. 우리는 말하는 내용을 모두 들을 수는 없어도 말이 주는 파동을 느낀다. 그리고 청각적 반응을 자극하는 어조가 있는가 하면 기대하지 않았던 일련의 사고를 자극하거나 우리의 기분에 영향을 미치는 어조도 있다.

이들 모두가 의사전달을 위한 합법적인 정보들이다.

예를 들어 친구가 전화를 해서 당신의 조언을 구하겠다고 우긴다고 하자. 그런데 1분도 안 돼서 당신은 직감적으로 그 친구가 진정으로 원하는 것은 대화라는 것을 알게 된다. 혹은 어떤 고객이 당신의 업적에 대해 축하를 보낸다. 하지만 칭찬이 채 끝나기도 전에 그 사람이 수수료를 전액 지불하지 않으려는 구실을 늘어놓을 것이라는 사실을 육감으로 안다.

점심을 함께 하면서 어머니는 아무 일 없다고 하신다(사실은 그 반대다). 그러면 우리는 금방 무슨 일이 있는지 걱정이 된다.

사람들은 말을 할 때 들리는 파동뿐 아니라 들리지 않는 파동도 만들어낸다. 우리의 귀로 알아듣지 못하는 것은 우리 몸의 다른 부위에서 접수한다. 우리의 골격이나 심장박동, 세포 사이를 채우고 있는 액체의 내용물 등. 누군가의 말을 경청하는 것은 자신의 몸 전체를 그 사람의 생각이나 아이디어, 감정 등을 받아들이는 사운드 보드로 만드는 것이다.

말로 하지 않은 부분을 남겨 두라. 모든 것을 세세히 알려 주지 마라. 신비로움이 깃들 여지를 만들라 ▶

침묵이 금일 때

자, 당신이 독일의 타이포그래피, 일본의 인형극 혹은 프랑스 요리의 전문가라 할지라도 공공석상에서 그런 주제를 꺼내지 마라. 영국 사람들은 백파이프를 연주할 줄 알지만 하지 않는 사람을 '신사'라고 표현한다.

- 자신이 좋아하는 주제에 관해 말하지 않는 것이 신사가 할 도리다.

- 다른 사람의 주목을 받지 않아야 자기도취에 빠지지 않게 된다.

- 새로 사귄 사람 앞에서 자신의 전문분야를 과시하지 않으면 친구들의 사랑을 받을 것이다.

- 자신의 비밀스런 열정을 세상에 드러내지 않으면 신비스러움이 더해질 것이다.

- 허풍을 떨지 않으면 시기심도 생기지 않는다.

- 자화자찬을 하지 않으면 지루한 사람이 될 일이 없다.

❦ 할 말이 없을 때 아무 말도 하지 않는 것은 언제나 현명한 것이다.

❦ 대답을 구하지 않으면 상대가 질문에 대해 생각할 시간을 벌게 해준다.

10

기다림

미래를 열심히 따라가다보면 일정에 구멍이 생기는 경우가 있다. 그렇게 기다리는 사이에 우리는 어쩔 수 없이 현재에 머물게 된다. '현재'에 머물러 있으면서(얼마나 오래 걸릴지 아무도 모른다) 우리는 인내심을 가지고 미래로 가는 다음 차편을 기다려야 한다. 그 시간이 우리에게는 한숨 돌릴 수 있는 기회이기도 하다. 그런데 실제로는 그렇지가 않다. 그런 여유를 즐기는 것과는 거리가 멀다. 그 시간 동안 우리는 좌절하고 초조해하

며 신경질적이 된다. 시계를 들여다보며 계속 시간이 가고 있다는 사실에 짜증을 낸다. 이 세상은 끝을 향해 정신없이 달려가고 있는데 나만 뒤처져 있다는 생각은 우리가 가장 두려워하는 것들 가운데 하나다.

우리는 시간이 지속적으로 흘러가고 있다고 굳게 믿는다. 비가 오나 눈이 오나 하루는 24시간이다. 그러나 지금까지 그 어떤 과학자나 철학자도 시간이 한 방향으로만 흐르고 있다는 사실을 확실하게 증명하지 못했다. 왼쪽에서 오른쪽으로 과거에서 미래로.

그렇다. 시간을 측정할 수는 있지만 그것은 다른 수많은 현상들과의 관계 안에서만 계산될 수 있다. 태양의 위치라든지 원자 내부 에너지의 움직임 같은 것들 말이다. 시간이란 그 안에서 혹은 그 자체만으로는 존재하지 않을지도 모른다.

시간 연구가들에 의하면 확실한 사실은 한 가지밖에 없다. '물이 끓기를 기다리면 절대 끓지 않는다'라는 사실이다. 여러 연구를 통해, 어쩔 수 없이 기다릴 때 시간은 달팽이처럼 느리게 간다는 사실이 드러났다. 1분이 70분처럼 느껴질 수도 있다.

반면에 재미있게 놀고 있을 때는 시간이 어떻게 가는지 모른다. 실험에 의

인도에서는 삶이 현재시제로 표현된다

하면 일정한 기간을 두고 행해지는 일련의 짧은 자극 — 청각적인 자극이든 시각적인 자극이든 상관없이 — 에 의해 기다리는 시간이 단절될 때 시간에 대한 인식이 극적으로 줄어든다고 한다.

우리는 두 박자 사이에 존재하는 죽은 공간으로 기다림을 경험한다. 리듬이 빨라질수록 기다리는 시간이 줄어든다. 리듬이 없는 시간은 아무 의미가 없다.

늦게 오는 사람을 기다릴 때 지평선을 뚫어져라 쳐다보고 있거나 시간을 확인하지 마라. 천천히 왔다 갔다 하거나 휘파람을 불어라. 발로 박자를 맞춰도 좋고 의자를 앞뒤로 흔들어도 좋다.

넓은 로비나 대기실은 아무 생각 없이 반복할 수 있는 일을 찾을 수 있도록 설계되어 있다. 샹들리에의 전구를 세거나 바닥재의 무늬가 무엇인지 생각해보고 벽에 붙어 있는 타일의 수를 셀 수도 있다.

우리 내면의 시계는 리듬의 변화뿐 아니라 온도 변화에도 민감하다. 더우면 기다리는 시간이 짧게 느껴질 수도 있다. 그렇다면 바람이 술술 들어오는 복도는 피하는 것이 좋을 것이다. 영화를 보려고 줄을 서 있을 때는 팔뚝을 문질러주는 것도 한 방법이다. 공중전화 앞에서 기다릴 때는 어깨에 숄을 둘러주는 것도 도움이 된다. 여유를 가지라는 말이다.

감정 또한 시간의 길이를 이쪽저쪽으로 기울게 한다. 엄숙한 정치가들의 사진이 걸린 어두운 관청의 복도에 앉아 있어야 할 경우라면 일 초가 일 분처럼 느껴질 것이다.

반대로 시간 연구가들은 미소 띤 여성의 얼굴을 바라보고 있으면 기다리고 있다는 인식이 상당히 줄어들 수 있다는 사실을 알아냈다. 병원 대기실에 널려 있는 손때 묻은 패션 잡지들도 시간을 멈추게 해주는 도구인 것이다.

지금 아니면 영원히 못한다

정확하지 않은 시간에 대한 우리의 인식을 규명해내는 방법은 많다. 수세기 동안 사람들은 달의 주기와 해시계 그리고 교회의 종소리로 일상의 행사들을 알아내고 날짜의 순서에 따라 살 수 있었다. 20세기에 들어와서 베네딕트 수도회의 수도승들이 공동체 활동을 통일시키기 위해 고안해낸 것이 시계다.

하지만 뭐니 뭐니 해도 시간에 대한 가장 흥미로운 발명품은 언어다.

우주에는 빈 공간이 많다. 그리고 그런 빈 공간을 통해 우주가 모습을 드러낸다

시간의 본질에 대해 어떤 문화가 지닌 신뢰 체계를 반영하는 것이 동사다. 영어에서는 "당신의 비행기는 5시간 후에 출발합니다."라는 표현과 "지금 곧 그만두게 될 것이다."라는 표현이 있다. 미래의 동작에 대해서는 현재시제를 사용하고 현재의 동작을 말할 때 미래시제를 사용하는 등 동사의 시제가 무분별하게 쓰인다.

영어를 쓰는 사람들에게는 현재의 순간이란 바로 눈앞에 다가올 시간의 일부이기도 하다. 따라서 영어 문법에서는 '지금'이라는 말이 앞으로 다가올 일에 대한 전주곡에 지나지 않는다는 우리의 생각과 일치하지 않는다.

경우에 따라 동사의 형태가 동작의 지속이나 완료와 같은 시간의 다른 측면을 강조하는 언어도 있다.

앞으로 일어날 일에 대해 신경을 덜 쓰는 이런 동사의 형태는 말하는 사람이 주어진 순간에 머물러 있을 수 있는 여지를 남긴다.

기다림에 대한 느낌을 바꿀 수 있는 간단한 방법은 어떤 상황에 처했을 때 정확한 시제를 사용하는 것이다. 당신의 비행기는 5시간 후에 출발하는 것이 아니라 5시간 후에 출발할 것이다. 비행기가 출발할 때까지 5시간을 기다린다고 생각하지 말고 5시간 동안의 자유 시간이 있다고 생각하면 된다.

기다림은 다가올 미래의 전주곡이 아니다. 굳이 말하자면 과거의 연장이라고 할 수 있다.

친구의 귀향, 아기의 탄생, 주택 구입, 책의 마지막 장 등과 같은 어떤 사건을 기대하며 투자하는 귀중한 몇 분, 몇 시간, 며칠은 모든 것을 좀더 추억할 거리로 만들어준다.

시간을 두고 기다려라. 그러는 동안 당신은 추억을 만들어낼 수 있다.

현재에 머무는 시간을 길게 끌어라. 그리고 미래에 기억할 수 있는 과거를 주라.

석양을 바라보는 법

행동하는 세대인 우리는 어쩔 수 없이 지구 주위를 분주하게 돌고 있는 천체 가운데 하나인 태양과 우리 자신을 동일시하게 된다. 이런 잘못된 인상은 떨쳐버리기 힘들지만 우리는 해낼 수 있다. 다음에 석양을 볼 기회가 있다면 똑바로 앉아서 지구의 장엄한 회전을 경험해보라. 여기 몇 가지 요령을 소개한다.

🌺 1. 땅거미가 지기 전 지평선 가까이 내려오는 해를 정면으로 맞이하라. 그리고 어떤 식으로 해가 가라앉고 있다는 사실을 기정사실화하고 있는지 주목하라. 그리고 내려가는 동작은 시각적 환상일 뿐이라는 사실을 자신에게 상기시킨다.

🌺 2. 태양 속에 천막을 치는 상상을 한다. 그리고 그것을 단단히 고정시킨 다음 움직이지 않게 한다.

🌺 3. 그런 다음 지평선이 서서히 태양을 향해 올라가는 것을 바라본다. 당신의 발 아래 있는 땅도 움직인다고 상상하라.

❧ 4. 지구가 서서히 뒤로 젖혀지고 있다는 느낌에 몸을 맡긴다.

❧ 5. 해가 사라지면 자신이 속해 있는 쪽이 조용히 황혼 속으로 미끄러져 들어가고 있는 그림을 그려본다.

❧ 6. 축하한다. 방금 10분 동안 당신은 시속 16,000킬로미터 속도로 밤을 향해 곤두박질친 것이다.

아! 아무것도 하지 않아도 모든 것에 호기심을 보일 수 있다면

끝맺는 말

지금 당신이 7~8세 정도라고 생각해보라. 자기 방에서 조용히 놀고 있는 중이라면 만화책을 읽고 있을 수도 있고 좋아하는 인형의 머리카락을 잘라주는 중일 수도 있다. 집 안에는 식기세척기 돌아가는 소리밖에 들리지 않는다. 바깥에서는 개가 짖고 있다. 멀리서 쓰레기 차가 윙윙거리는 소리도 들린다. 온 세상이 평화롭다.

바로 그때 엄마가 방문 앞에 나타났다.

"뭐하고 있니?"

"아무것도 안 해요."

당신은 아무 생각 없이 이렇게 대답할 것이다. 그래도 엄마가 계속 물으면 당신은 어쩔 수 없이 마법을 깨고 나와야 한다. 어른들이 원하는 대답을 생각해내느라 넉넉하던 축복의 순간은 깨져버린다. 아이들에게는 아무것도 하지 않는 것이란 그저 빈둥거리는 것이 아니다. 뭐라고 이름 붙일 수 없는 그런 상태를 의미한다.

오늘 당신은 지극히 평온한 순간을 되찾을 수 있다. 자신이 하고 있는 일에 이름 붙이는 일을 그만두면 된다. '아무것도' 하지 않고 있는 상태를 연습해보라. 부엌에서 바삐 일하고 있을 때, 전화 통화를 하고 있을 때, 아니면 약속에 늦었을 때일지라도.

마음을 완전히 비울 때 자기 자신을 위한 시간을 만들 수 있을 것이다.

사진에 대하여

1960년대 캘리포니아 주에서 어린 시절을 보낸 나는 태어나면서부터 아무것도 하지 않는 것의 의미를 이해했다. 자라면서 생활이 바빠지자 나는 그 생각을 잊고 지냈다. 하지만 내가 찍는 사진들이 나를 계속 그 생각으로 이끌었다. 유럽과 인도, 일본, 아프리카와 이집트를 여행하는 동안 나는 늘 평온함의 진수를 간직하고 있는 이미지들을 찾아 다녔다.

— 에리카 레너드

아무것으 하지 않을 자유

초판 1쇄 인쇄 2006년 12월 10일
초판 1쇄 발행 2006년 12월 20일

지은이 | 베로니크 비엔느
사진 | 에리카 레너드
옮긴이 | 이혜경
펴낸이 | 한 순 이희섭
펴낸곳 | 나무생각
편집 | 김현정 이은주
디자인 | 노은주 임덕란
마케팅 | 나성원 김선호
경영지원 | 박영식 김선영

출판등록 | 1998년 4월 14일 제13-529호
주소 | 서울특별시 마포구 서교동 475-39 1F
전화 | 334-3339, 3308, 3361
팩스 | 334-3318
이메일 | tree3339@hanmail.net namu@namubook.co.kr
홈페이지 | www.namubook.co.kr

ISBN 89-5937-122-X 03840